U0018686

你是我的彩虹

—— 寶寶ᗕᗕ愛的約定 ——

你是我的彩虹
—— 寶寶貝貝愛的約定 ——

沈承炫◎圖文　李修瑩◎翻譯

緬懷希望

看得見的東西非我所期待。
可以輕易達成的事，也不是我的夢想。

即便在看不見前方、黑摸摸的天空之下，
即便在不知盡頭、令人煩悶的道路之上，
我會再次抬起頭來仰望天空，
全都是因為那裡有你！

如我之夢。
讓我再次行走的希望。

雖然如今看不見、摸不著，
也碰觸不到，
最終我還是可以見到你。
我的模樣如夢一般。

如我之夢

很久很久以前

鯨魚曾經是
像在陸地上行走的牛

或是豬
或是河馬一般的動物。

還是鯨魚最好！

慢走～
路上小心喔！

就這樣兩個人展開了旅程。

別擔心～
大海有多麼美，我看過後，回頭再說給你聽。

鯨魚和河馬越過了高山

穿過了酷熱的沙漠……

這時候河馬說話了

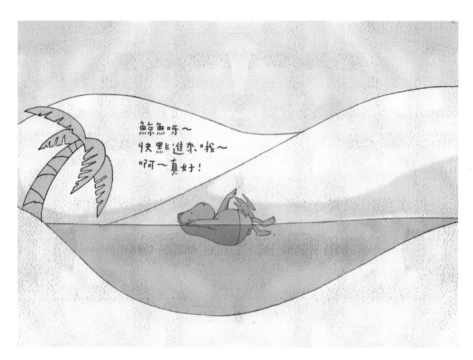

好吧！
我要走到大海那邊。

想要看海的鯨魚，開始慢慢地向前走。

經過了酷熱的沙漠
腳開始顫抖起來。

腳都P起
水泡了！

穿過了
下著雨的山頭

也越過了
颳著風的山頭

還爬過了
下著雪的山頭。

穿越了最後一個山頭

看到了夢中的藍色汪洋。

哇～啊!
大海吧!

鯨魚看到了大海，
馬上為之傾倒，
「大海呀！我好想擁抱你，
可以答應我的請求嗎？」
大海回報以波濤，
歡迎著鯨魚。
「快點到我這裡來。」
鯨魚朝向大海
一躍而下。

大海
一如母親的懷抱
那般地溫暖。

鯨魚的腳,漸漸地
變成了鰭,過了一會兒
身體也變得十分光滑。

而且發現了連他自己也不知道的
真正的自己。

結果，
鯨魚成為喜愛藍色大海的
旅人。

我們寶寶也
成為美麗的鯨魚的話，該有多好。
將世界變得美好的鯨魚。
就像有著鯨魚的大海是如此地美麗，
由於有著寶寶的存在，
這個世界也變得更加美好！

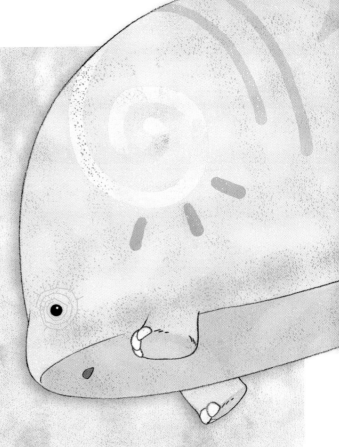

媽媽掉落的頭髮，
爸爸長繭的手掌，
嬰兒永遠幸福的微笑，
吹動樹葉的風，
悄然降下的雪，
讓人無法忘懷的，你的眼神。

單單有你在那裡，
便有著讓人心疼的美麗。

Episode 01

婚後至今
已經過了3年……

因為一直沒有
生小孩而
苦惱不已。

就這樣有一天，
寶寶感到反胃

好像是
感冒的症狀

似乎是懷孕了
笑意寫在臉上。

寶寶一直呈現出
懷孕的症狀。

懷著喜悅之情
去看婦產科
醫生卻說⋯⋯

出現了渴望小孩的夫婦
所產生的各種症狀。

在回程的巴士裡

我有一個朋友，
實在太好笑了，
如此如此～
這般這般～
哈哈哈～

哈～
哈～哈～
這個真是～
有趣！

寶寶和我像是毛線團般
毫無頭緒的閒聊著。

29

然後，
陷入了短暫的沉默當中。
……

驀然地，
我腦中出現一個念頭，
該不會是因為我太心急，
帶給寶寶沉重的心理負擔，
才造成了這種結果吧！

Episode 02

「人有兩種罪。
其他所有的罪，
都是由此應運而生。
這便是**心急**與**懶惰**。」

據說，由於太心急，
亞當和夏娃被趕出伊甸園，
由於太懶惰，才回不了伊甸園，
這是卡夫卡給我的忠告。

我的急性子，給我所愛的人，
帶來了傷害。

沒有所謂未來的愛。

愛情只存活於現在。

如果當下看不到愛，

那是因為沒有愛的緣故。

——托爾斯泰(Tolstoy)

所 謂 愛 情 只 存 活 於 現 在

我有個每天非得要
見上一面的朋友。

一如往常
敲著你家的門，
然而你已不在其中。
沒留下隻字片語，
也沒提及要離開，
便消失了蹤影。

最後成為一句話都不說
便離開的朋友。
無須言語便能心意相通，
互相支援的
那種朋友。
如同電影「心靈捕手(Good Will Hunting)」中的
威爾和尚恩一般……

Episode 04

新學期的第一天

有位目光溫和的傢伙和我成為一對好朋友。

不像我總是小心翼翼，這個朋友相當積極，

我們一下子就變得很熟稔。

然而，經過一段時間，也不是他的錯，

而是他和其他同學也都處得很好。

每次我只要看到這個朋友和其他人相處融洽的樣子，

心情就一下子盪到谷底。

這樣的情緒一再累積下來，

結果，我們之間就變得很彆扭。

回想起來，不論是同性朋友，或是異性朋友，

所有人和我熟稔之後，我好像便有那種

只能和我最親的自私想法。

不論是人，還是物品，

佔有欲太強就會變得執著。

我顯得如此渺小而不安……

然而，不論再怎麼大聲哭喊，想要緊抓不放，

要走的人，終究還是會離開。

愛情和友情彷彿鴿子。

放在手中的瞬間，看起來最美。

你記得
小時候的事嗎?

呵呵呵~

不記得,
沒什麼印象。

你呢?
記得嗎?

嗯…我也是
完全不記得。

小時候那麼幸福,
長大後卻一點也不記得,
真是太可惜。

哈哈哈

因此
人們總是
看著小孩子
尋找著幸福

沒事吧？
我的寶貝～

記不起小時候的事，
大概是因為那是最幸福的時刻吧！
享受著百分百關愛的孩提時光，
是我們一生中最幸福的時刻。

人們都曾經有過那幸福的瞬間。
然而，有一天，上帝嫉妒總是幸福的人們，
為了讓人忘記幸福的瞬間，除了最初的記憶。
讓痛苦的記憶取而代之，且經常浮現。
因此，相較於幸福的記憶，痛苦的記憶更加長久。
小時候，不論是誰都沉浸在幸福的時刻，
長大之後，卻遺忘了那段時光而活著。

我們的幸福時刻
並沒有消失，
只是被遺忘。

我的幸福
要到何處尋找……？

Chapter 2

Red Love

你笑了，我也揚起嘴角，
你哭了，我亦流下淚來。

你幸福，我也快樂，
你不幸，我亦傷懷。

愛情如鏡。
如實照見彼此的面目，
因此，站在鏡子前時，
即使是佯裝，也應該要微笑以對。

如果想讓所愛的人幸福，
自己就得先幸福起來。
若想要溫柔對待所愛的人，
就要先善待自己。

如愛之愛

~Love me tender ~
~Love me sweet~
~Never let me go~

收音機裡

You have made my

貓王艾維斯‧普利斯萊的歌曲

life complete

〈Love Me Tender〉傳了出來。

And I love you so

中學時期……
某個春日，實習老師到學校來。

因為是男子學校，所以女實習老師才會大受歡迎。

小朋友們唯獨期待著
實習老師上課的時候。
實習老師也
時常微笑著，
回答我們這群討厭鬼
問的問題。

時光飛逝，
三個月一下子就這麼過了。

實習老師最後一次上課的時候，
不再上課文，而是在黑板上
寫下了英文歌詞。

Love Me Tender

Love me tender, love me sweet
Never let me go

可能是最後一堂課吧！同學們出乎意外地，乖乖跟著唱。

歌聲由窗戶的縫隙流瀉出去，
躲藏在雲朵之間，

由門縫之間傳出去的旋律，遍佈到走道的最深處，
深深地動人心弦。

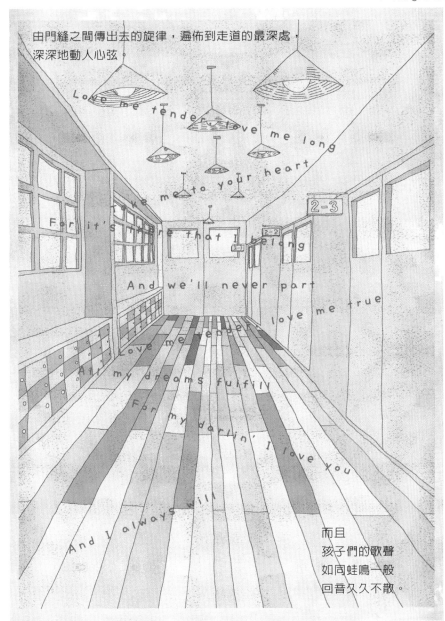

Love me tender, love me long

Take me to your heart

For it's there that I belong

And we'll never part

love me true

Love me tender

All my dreams fulfill

For my darlin' I love you

And I always will

而且
孩子們的歌聲
如同蛙鳴一般
回音久久不散。

班長一哭出來，其他同學們
再也忍不住的淚水，一下子傾瀉而出，
教室裡成為汪洋一片。

老師也
不再繼續唱歌，
只是站在黑板旁邊，
低下頭來。

跟各位同學們
相處的這段時光，
是我一輩子
最難忘的回憶
我非常的珍惜～
也感到十分幸福。

當時淚流滿面的
那位實習老師，
是不會記得我們了。

如今，我也
記不得那位
實習老師的長相了。

然而，
每當這首歌的旋律響起，

跟老師一起唱歌的
青春氣息，

在我們內心深處，
成為永恆的回憶。

Episode 06

life complete

人即便離開，香氣久久不散

黎明時分

好想見寶寶一面，所以打了電話。

用著從睡夢中醒來的聲音接電話的寶寶，

喃喃問著有什麼事。

那個聲音真是可愛，於是，

我便唱出今天收音機播放的歌曲給她聽。

－Love me tender～

－Love me sweet～

－Never let me go～

不知是不是歌曲太長，話筒另一端的寶寶聽著聽著

竟然傳出了打呼的聲音，但是我還是把整首歌唱完了。

也許，有一天寶寶偶然間從收音機裡

聽到了這首歌，即便想不起其他事情，

或許會喚起昔日的戀人，曾經以幸福的心情。

唱著這首歌的回憶，然後泛起幸福的微笑吧！

即便記憶消逝，感覺是無法抹除的，
人即便離開，曾經佔據過的位置，
也會留下香氣，久久不散。

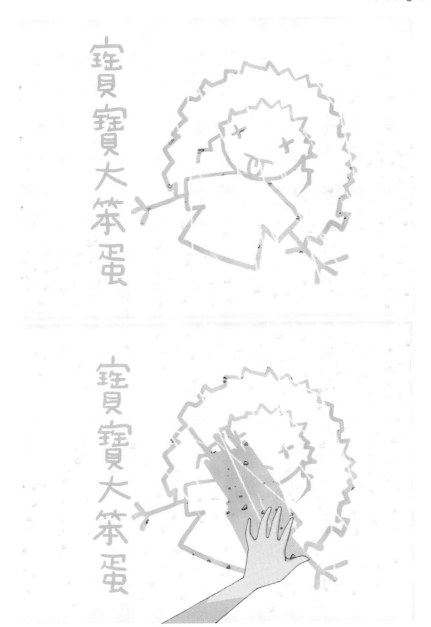

寶寶大笨蛋

寶寶大笨蛋

擦玻璃
並不是為了看清楚外面。

而是為了讓我更容易被看見。

為了讓約會遲到的寶寶，
可以更容易找到我，才這麼做的

小嬰兒熟睡了好一會兒

輕輕地～

睜開一隻眼
環顧四周看看有誰在他身邊。

此時，如果有值得信賴的人
在他旁邊的話，
小嬰兒就會再次閉上眼睛，
安心地進入夢鄉。

吖白！

人們總是期待
身邊有人可以保護著
軟弱的自己。

哎呀～
請不要
拍照！

演藝人員身邊有經紀人

總統周圍有
身手矯健的護衛隊。

67

然而，總統任期終止後，
護衛隊便改為保護下任的總統。

過氣的演藝人員
也不再需要經紀人。不過……

那麼，
我就
告辭了～

唉～

小寶貝，
媽咪永遠都會
保護著你～

孩子啊！
你要吃完飯
再出去嗎？

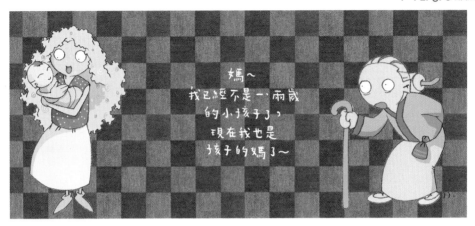

媽媽即便成了奶奶，
依然還是擔心著我。

Episode 08

寶寶在吃鯉魚形麵包時，都從尾巴先吃
貝貝則是從頭部先吃。
寶寶吃西瓜時，都是從沒味道的外面先吃，
貝貝則是從好吃的裡面先吃。

寶寶：要如何分辨小時候是在有錢人家，還是貧窮人家長大的呢？
　　　只要從吃鯉魚形麵包時，是由哪一個部位先吃，就可以知道了。
　　　從好吃的頭部先吃的話，就是有錢人家長大的，
　　　從沒味道的尾巴先吃的話，就是窮人家的小孩。
貝貝：那麼，吃魚的時候，媽媽總是只吃尾巴有刺的部分，
　　　而且還說「我覺得這裡比較好吃。」難道是在說謊嗎？
　　　世界上所有的媽媽，全都是貧窮人家長大的嗎？
寶寶：那是為了把好吃、有營養的部分讓給你吃，才會這麼說的。

成為母親，就是先從不好吃的部分先吃，
讓孩子可以吃得更津津有味……

我若是
請吃一頓飯的話，
便會期待下一次，
他會請我吃一頓
更好吃的。

我如果提前30分鐘到的話，
就會希望他提早一個小時
來等我，

起初，只是毫不起眼、單純的
心情而已，
不知不覺間，在我心中，
變成了期待的心情，

當期待幻滅，我心裡就被怨恨佔據。

結果，
每次只要是我企圖希望有所回報，
好像就會更加孤單。

Episode 09

愛情若只是單方面的付出，
偶爾總會覺得費力。
愛情若只是單方面的接受，
不知不覺間也會感到孤單。

因此……
給予愛情時，要不問代價，
接受愛情時，要知道對對方
心存感恩。

如果希望愛一個人愛得長久，
就像吃飯一般，
也應該適當的調節份量。

STOP!!

寶寶對於小孩子的所有行動，
只要有危險性，都會感到不安。

在家裡，大部分的東西都是為大人而做，
對小孩有危險。

硬邦邦的地板，
跌倒了會痛，

喧！

如果碰到桌角，
也會受傷，

嘔！

湯匙、筷子對小孩子而言，
也是危險物品。

因此，
寶寶對每一件事情，
都有意見。

呀呀～
呀～呀
呀呀～

咚～

在桌角
綁上墊子，

將湯匙、筷子，
放在手搆不到的
飯桌內側。

呀呀～
呀呀～

77

爸爸的話，一字一句
像是砂堡般地越變越大
我來到海邊，卻不敢下水。

如同小嬰兒開始學走路時，
父母親心裡總是七上八下，怕他會跌倒，
或是擔心他會受傷。
因此，可以保護小孩頭部的安全帽，
便成為人氣商品。
我也曾經為了小孩買過這種安全帽。
但是，這也有個缺點，是必須要知道的，
小孩一旦習慣了有安全帽的保護，
有朝一日脫掉安全帽時，
反而是更加危險的時刻。

剛開始用雙腳來學走路時，
小孩的膝蓋即便受點傷，
頭部即便稍微撞到，
雖然會痛，也有點費力，

但是唯有經歷跌倒後，
再站起來的過程，
才會了解到，
可以自己走路的道理

Episode
10

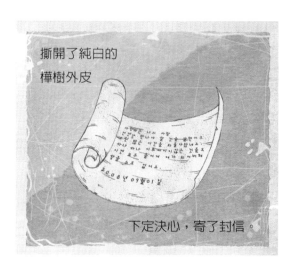

撕開了純白的
樺樹外皮

下定決心，寄了封信。

幾天之後
信封上

蓋上了「收件人不詳」
的印章，被退了回來。

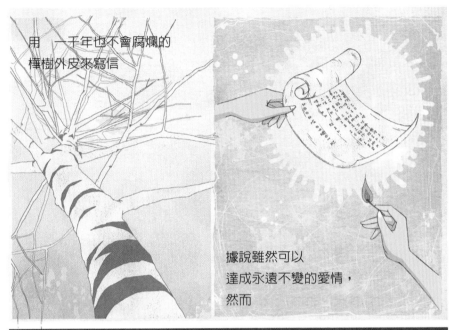

用　一千年也不會腐爛的
樺樹外皮來寫信

據說雖然可以
達成永遠不變的愛情，
然而

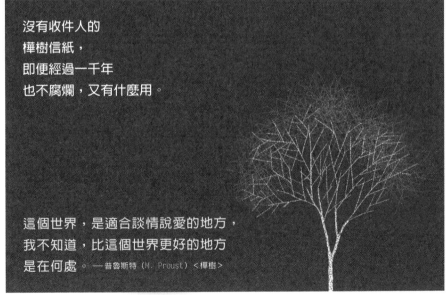

沒有收件人的
樺樹信紙，
即便經過一千年
也不腐爛，又有什麼用。

這個世界，是適合談情說愛的地方，
我不知道，比這個世界更好的地方
是在何處。—普魯斯特（M. Proust）<樺樹>

眼中若沒有淚水，
靈魂裡也不會升起彩虹。
──印第安俗語

當真心遭到誤解時，
當期待落空，結果相悖時，
連深愛過的朋友都不再理會我時，
對任何人都不抱任何期待時，
感覺天地之間唯我獨孤時⋯⋯

此時，內心的自我，靜靜地呼喚著我。
同時落下的淚水，悄悄地安慰著我。

將我內心的傷感、埋怨，通通洗滌一空，
直到閃閃發光之際，擦拭得乾乾淨淨。

寶石般發光之淚

父親到首爾辦完事，
要回到江陵去時，
為了送行，
我去了趟巴士總站。

售票處的職員
告訴我行車時間。

有9點30分和
9點45的票～

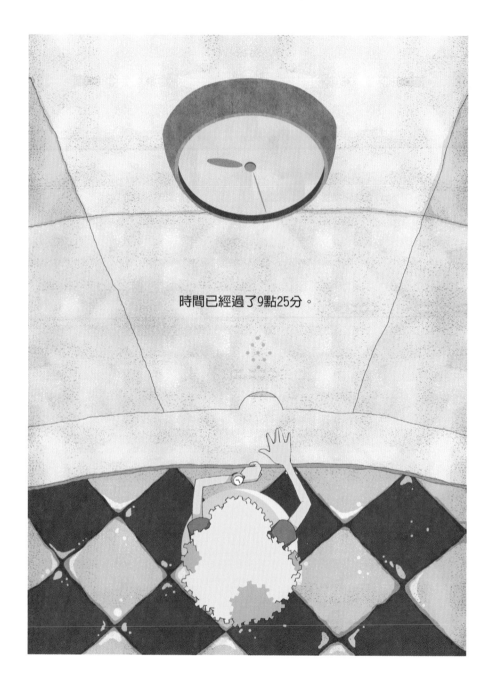

時間已經過了9點25分。

幫爸爸找到位子後，
等待著車子出發。

時間一到
車子開始啓動……
巴士緩緩地倒車時，
我才感到後悔，
不禁喃喃自語。

為什麼要這麼趕呢？

有什麼理由非得這麼急呢？
不，沒有。
只是，來到車站時，
總是習慣性地
急著買車票而已……

應該要買45分的車票才是……

5分鐘的時間,在候車室裡坐著,
其餘10分鐘,
可以聊聊天氣,
慢慢的走著,
老爸的膝蓋不太好,
走起路來,
會有些吃力說……

離站的巴士車窗內,
　　爸爸一邊開心的笑著,
一邊揮著手,
　　叫我趕快回去。

小時候，我們家的庭院非常大。

隨著時光流逝，對那個家的印象逐漸模糊，

由於不太會搭巴士，經常會錯過兒時曾經住過的那個村子。

不知不覺地，每當我回想起搭巴士下車的記憶，便會回老家一趟。

和玩伴們開心追逐的地方，如今已經變成狹窄的巷道，

玩捉迷藏的大庭院，變成非常小的院子。

學校也變得很迷你，村子也變成只要20分鐘就可以繞完一圈那般地小。

曾經那麼寬大的場所，如今看來變得這麼小，

是因為我已經長大了嗎？

還是它原本就是這麼小呢？

以兒時寶寶的眼光來看，

住過的小小的家，可能像運動場那麼大吧？

寶寶呀！對你而言，會覺得老爸是相當強壯的。

然而，等你長大你就會明白，

老爸也像老家一般，變得渺小。

此時，變得比老爸更強壯的寶寶，

可要扶著彎腰駝背的老爸才行。

我的手機
電話簿裡
存了324筆的
聯絡名單。

認識的人，
真～不少。

然而，如同今天一般，
有時會有打了電話也沒人接，
或是被掛斷的情況。

您好～
這位客人！
您為了貸款，
很傷腦筋吧！

啊～是。
沒錯。

啊！
像是了解
我的心情似的，
電話鈴聲
響了。

雖然是促銷電話，
還是聽他滔滔不絕地
說完了所有的話。

最後，
有人打電話給他。

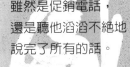

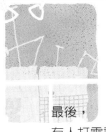

嗶～

竟然連他也在通話中。

沒錯。

打電話給我時，我總是在電話中。

Episode 13

曾經在網路上搜尋過自己的名字。

曾經在接到促銷電話時，跟對方回話。

曾經自己打電話給自己。

曾經自己和自己聊天。

任誰都曾經做過這樣的事。

因此，無論誰，都是孤單的。

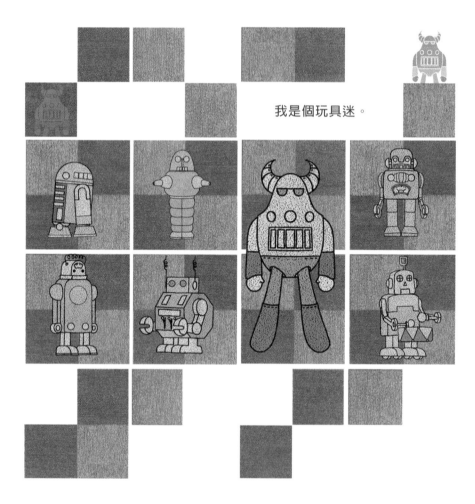

我是個玩具迷。

每天我都會到
常去的玩具店走上一回。

每次
我都會看到
玻璃窗外，
有個盯著
玩具在看的
小孩子。

我走出去，拿著一個
小玩具送給那個小孩。

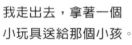

Episode 14

在母親肚子裡長大的胎兒，
若是無法正常的攝取到營養的話，
據說長大以後，得到肥胖症的比率會變高。
因為在子宮內時，攝取到足夠營養的胎兒，
相較於營養攝取不足者，
已經預先儲存了脂肪。

我們現在對於某些事物的執著，
是因為深藏在我們內心的匱乏所致。

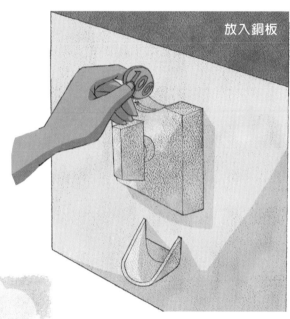

放入銅板

小心翼翼地扳下把手

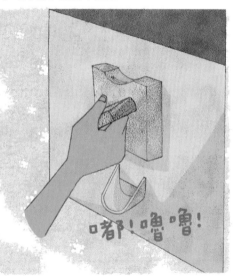

嘟!嚕嚕!

黃色的巧克力球
如果一如往常的
掉下來就好了。

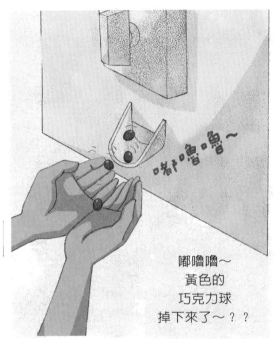

嘟嚕嚕～

嘟嚕嚕～
黃色的
巧克力球
掉下來了～？？

咦！怎麼只有
這麼一點點？

匡！

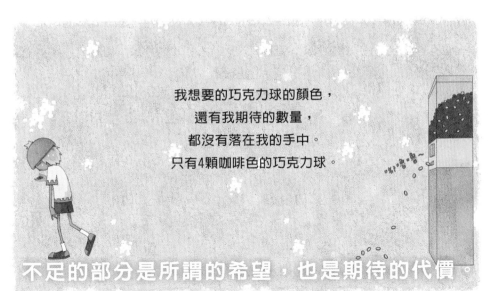

我想要的巧克力球的顏色，
還有我期待的數量，
都沒有落在我的手中。
只有4顆咖啡色的巧克力球。

嘟嚕嚕～

不足的部分是所謂的希望，也是期待的代價。

16 原形

小時候，雖然認為
父母親總是了解我的心情，
給予我一切，

1歲

隨著年紀漸長

10歲

然後，認識了一些朋友，

10幾歲　　　　　　　　熬夜分享的友情

20歲

彼此進了不同的

學校

結交了不同的朋友

彼此選擇了
不同的職業

逐漸地漸行漸遠

然後，
認識了異性，
陷入了喜歡、
討厭、
爭吵、
再相遇的
循環之中，

結果，
雖然結了婚，但是

慢慢地～
慢慢地～

嗚～哇！

最後
了解到
仍如初生
一般地孤獨。

連續劇中出現過這種對白：
「我長到這麼大，不曾感覺到孤獨，
遇見你之後，才體會到孤獨的滋味。」

不論是誰，陷入愛情後更感覺到孤獨的矛盾，
便是因為人本身的緣故。
唯有維持適當的距離，才能常保親近的原因，
在於人原本生而孤獨。

人與人之間
不論何時，都如風的來去一般，
需要有距離存在。

當我們接受了不論是誰都是孤獨的這個事實，
便能了解到孤獨並不是件值得傷感的事。
此時，我們才能夢想著長遠同行。

最後一片葉子
落入
書裡。

秋天也過了……

Green Peace

「沒關係……」
媽媽總是這麼說道。
在我不小心打破展示櫃裡的骨董時，
在我拿著一張難看的成績單，怯生生地走進玄關時，
在我收到不合格的通知，哭腫了雙眼時，
在我和初戀的人分手，喝酒喝得不醒人事的隔天，
媽媽總是說沒關係。

即便知道是如此，
心中總是相信，下次應該不會這樣吧？
不論遇到什麼情況，總是一次又兩次，
兩次又三次地不停規勸，
始終如一的關懷、包容著我最難堪的模樣。

我希望像媽媽一般地活著，
我希望成為像圓形，而不是像四邊形，
像曲線，而不是像直線的人。

撫慰世界的和平

怕會被誰找到似的

藏在很裡面的地方，
有個保管得很好的玩偶。

雖然想要送給他，
但是沒有勇氣，
存放在一層又一層的
電腦資料夾之下的
告白信。

雖然想要寄出去，
而花了許多時間找了出來，

備用金也是
玩偶也是
告白信也是
都藏在太深的地方，
想找也
找不到。

備用金
藏在哪裡？

或許
玩偶會
藏在這裡…

告白信
被刪掉了嗎？

121

Episode 18

珍貴的東西不應該深藏起來，
而是應該在珍惜的瞬間一起分享。

在野生動物園裡

新生了4隻
小刺蝟，
剛生出來沒多久，
身體還非常小的
可愛的小刺蝟。

孩子們呀～
媽咪去市集買個東西就回來，
你們彼此間不要吵架，
要乖乖的待在家裡～知道嗎？

是的～
媽咪～

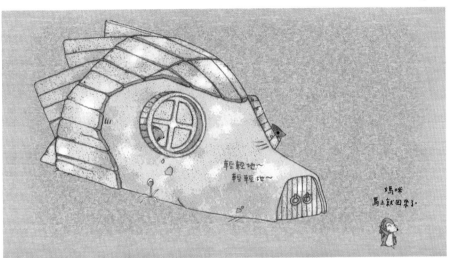

時間一分一秒地流逝，
天漸漸地黑了，
但是，媽咪還是
沒有回來。

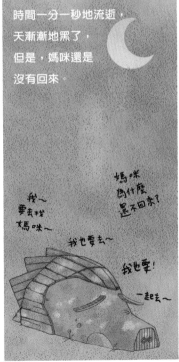

小刺蝟們
出生以來第一次離開家。

媽咪～

輕輕地

找了好一會兒，
一直徘徊不定的第一隻小刺蝟
好像找到什麼似的，大聲叫了出來。

啊！
在那裡！

嗅～嗅

是媽咪！
媽咪～

第一隻小刺蝟投入了媽咪的懷抱

媽咪～
嘻嘻嘻

呀可～
媽咪身上
的花香

第二隻和第三隻也
爬上了媽咪
寬大的背上。

我最喜歡
媽咪身上
的草香～

草香雖然也不錯，
但是不管怎樣，
我最喜歡的還是
媽咪身上的土味～

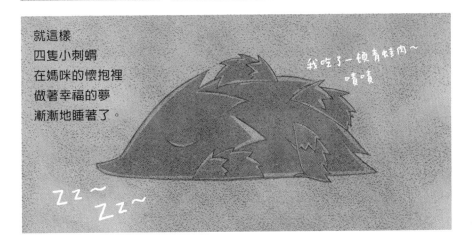

就這樣
四隻小刺蝟
在媽咪的懷抱裡
做著幸福的夢
漸漸地睡著了。

我吃了一頓青蛙肉～
噴噴

Zz～
Zz～

天亮了
清潔隊員們
開始打掃公園。

昨天傍晚，在公園裡
有一隻野生動物
掉進大型的
陷阱裡去了～

據說是隻
母刺蝟⋯⋯

嘖嘖⋯⋯
這是什麼動物呀？

嘖嘖⋯
真糟糕。

到了早上，小刺蝟們還是
沉醉在幸福的夢中，沒有醒過來。

菲律賓的媽媽們在去工作之前
都會把自己穿過的衣服，蓋在小孩子的身上後再出門。
在睡夢中醒來的小孩，知道了媽媽不在身邊，
馬上放聲哭了出來，
然後聞到媽媽蓋在身上的衣服所發出的
媽媽的味道後，又露出了暖暖的微笑。

澳洲某一間兒童醫院，在小孩哭鬧時，
就會拿有媽媽味道的玩偶給小孩。
白天時，媽媽把玩偶抱在懷裡一陣子，
到了小孩睡覺時，將玩偶放在旁邊的話

**媽媽的味道，
無論何時都讓人平靜。**

我們去
爬後山～

再睡
一下下就好～

那麼,
什麼時候才要
和爸爸一起去
爬山啊?

再睡5分鐘…
只要3分鐘…
不,只要再1分鐘…
呼～呼～

愛睡懶覺的貝貝
從來都沒有
和爸爸一起去
爬過後山。

時光飛逝
貝貝也當爸爸了。

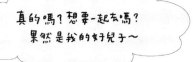

把小孩抱在懷裡，
爬上了爸爸
常去的後山。

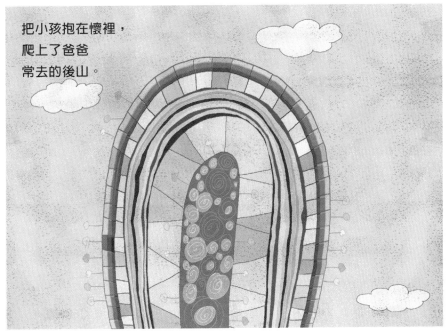

雖然在爸爸口中
不過是後山而已，
但是
對我而言，
卻彷彿
泰山一般的高。

暫時調整好呼吸，拭去汗水後
耳際聽到了四面八方傳來的風聲。

霧氣漸漸地散開，
不知是什麼，漸漸在眼前展現。

你看到
什麼了嗎？

我站在
爸爸曾經爬上來過的
後山山坡上，
這才體會到
小時候
爸爸的心意。

135

Episode 20

現在，我已經是一個孩子的爸爸，一個女人的丈夫，
是某個人的朋友，也是爸爸的兒子。

說到當爸爸這件事，
雖然現在我已經是成人了，但是10年前不過是個青年，
再往前推10年，也就是20年前，只是個少年，
再往前推10年，也就是30年前，則是個小孩，
再往前推，則是像我兒子一樣，是個小嬰兒而已。

我父親也像我一樣，曾經是個小嬰兒。
那個時候的事，怎麼會記得呢？
事實上是想不起來的。

我們通常記不起嬰兒時期的事，
然而就像我現在看著我兒子，想要讓他記住的意思一樣，
如同我是這般全心全意的照顧著我兒子，
我父親也曾如此地珍惜著我，愛護著我吧！

兒子呀！你若長大的話，
也是記不起來的。
幸福的夢，總是記不起來。

不過，你長大後就會了解！

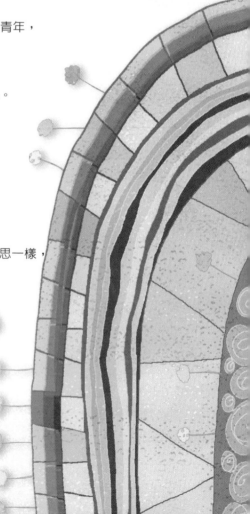

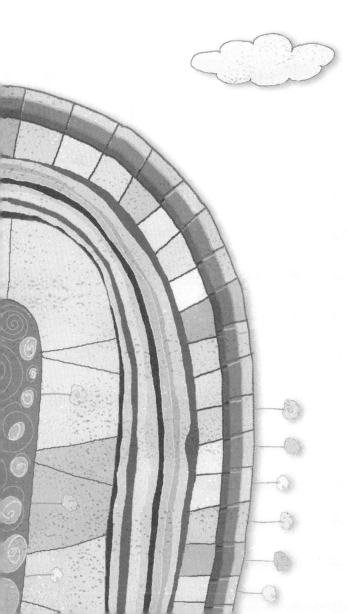

在法國的一間韓國文化院，
舉辦了一場展覽。

了解韓國漫畫，而且珍惜它的參觀者，
看著展出的漫畫，交流著彼此的心得，
其中，有一位相當醒目的人。

天呀～
蝴蝶畫得
真是美極了～

那位女士是位年長的法國人，
對於我所畫的《寶寶貝貝》及
《約定——多眼蝴蝶的承諾》
十分感興趣。
為了答謝她的關心，
我在長紋黛眼蝶的明信片上
直接畫了一張圖送給她。
她帶著幸福的表情回家了。

展覽的最後一天，
文化院的院長
拿了一個信封給我。

有人要我
把這個信封
轉交給畫家本人。

啊……
謝謝你。

這個信封裡
裝著那位女士
看著我的畫
所作的一首詩。

Blotti
Dans Les Cheveux
Du Vent,
Il rêve,
Le papillonneau
......
Au rythme
Du zéphyr
Bleuté !
Et les arabesques
S'enroûlent
Et se deroulent
......

Fine
Longue
Délicate,
La Main
Enrobe
L' Enfant-Eleur :
Ils' épanouit
Sous la caresse
D' Amour......
Tendre
Béatitude !

G. Leo, 02/02/09

蜷曲在
風的
髮梢裡的蝴蝶
做了一個夢。

在閃燿著藍色光芒的
微風的律動之中！
蔓藤花紋的紋路，
開開合合。

細長又纖細的
手包覆著花苞。
在愛與幸福的溫暖的巧手中，
花兒紛紛綻放！

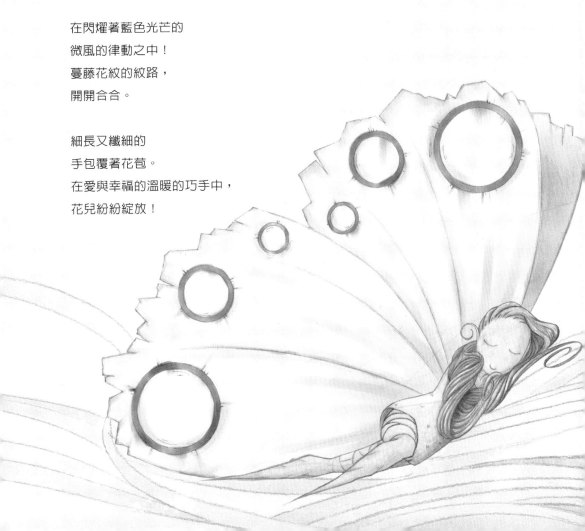

雖然任何人都可以感受到美麗，

但是通常總是埋藏在心中……

年紀漸長之後，還能將內心的感受

以詩來表現的 餘裕之心 及

直接稱讚對方美麗的

溫暖的勇氣， 讓人既感恩又羨慕。

Merci, Madame Leo!

Chapter 5

Orange Harmony

「寶寶呀！你知道合唱（ensemble）與和聲（harmony）的差異嗎？」
「嗯……不是類似的意思嗎？」
「合唱是指音質相似的兩個人一起唱歌會很協調，
和聲是指聲音不同的兩個人，所唱出的和諧之音。」

一見鍾情而交往的寶寶和我
相處越久，越是發現到彼此的差異之多，
因此，對彼此的不滿之聲，也越來越高。
然而，只要相處過一陣子便能明白了。

即便無法完全相知，也可以相愛，
即便無法完全理解彼此，也可以認同對方。

讓我們承認各自有著不同的聲音，
努力去配合彼此的呼吸吧！
唯有不同音質的我們，
才能唱出優美的和聲來。

我倆唱出的和聲

我們班上曾經有位同學

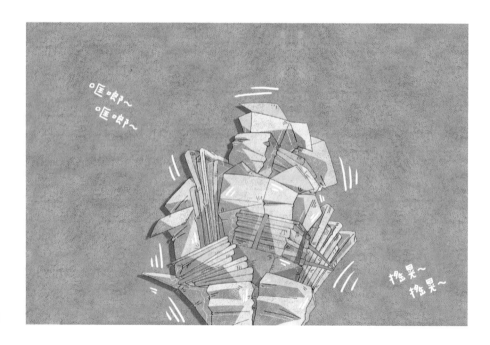

他和撿破爛的奶奶
兩個人相依為命。

有一天，奶奶在撿回收紙的途中，

滑動貌～

腳步不小心踩了個空

跟～蹌

踩空！

於是
住進了
醫院。

我不知道
想要幫助朋友的內心裡,
是否有著我比他好的
優越感作祟。
或許,不是為了自我滿足
才這麼做的吧!

那麼,你認為即便心裡覺得惋惜,
卻可以束手旁觀嗎?
相較於只有想法正確的人,
就算是為了自我滿足,
也要有能夠付諸行動的
偽善者存在,不是嗎?

結果，我們召開了班會

贊成　　　反對

正正正正正　正正正正
正正正

贊成幫助那位同學的人佔大多數，
於是我們募集了一些錢，
給那位同學的奶奶
當作手術費用，不久之後，
那位同學又回學校上課了。

你不會感到難為情嗎？
沒有自尊心嗎？
喜歡接受
別人的同情嗎？

如果窮得連一口飯都沒得吃的話，
就要先想想如何填飽肚子才行。
不管是邊走邊吃，
或是吃掉在地上沾有泥土的東西，
或是吃得飯粒黏在臉上，
還是沾到辣椒醬，都沒有關係，
因為這些都不重要，
只要想想肚子餓
這件事本身！

你曾經窮到三餐不繼，
必須要擔心下一頓在哪裡的程度嗎？

Episode 22

那是我二十幾歲的時候，

從地下鐵蠶室站下車，經過石村湖後，

再走進一條狹窄的巷子裡的話，

可以看到一間我曾經住過的一坪多大，頂樓加蓋的房子。

每到十二月，就有許多人會往返於蠶室站，

有一天新聞裡提及，基督教救世軍教派將來此舉辦慈善餐會，

記者訪問了站在慈善火鍋旁邊敲鐘的人，

「請問您什麼時候開始參加這裡的勸募活動呢？」

「我從救世軍成立後，每年十二月都會來這裡。」

但是，奇怪的是，我一次也沒看過

那裡有救世軍提供的慈善火鍋⋯⋯

根據馬斯洛*提出的五大階段需求理論，

「生理的需求」是位於最底層的，

若是沒有辦法解決生理的需求，

人類就沒有辦法滿足更上層的需求。

現在，我們若是看得見周圍有生活困苦的人，
那便表示我們具有幫助他人的能力。

*馬斯洛（**Abraham H. Maslow, 1908~1970**）：主張人本主義的美國心理學家，認為人的需求是由生
理的需求出發，然後逐漸提升至安全的、情感的、尊重的、自我實現等五個階段。

30分鐘之後，

Episode 23

我曾想過,在不知不覺之中,
會不會曾經傷害過別人呢?

無心脫口而出的一句話,
毫不在意所做出的行為,
只是隨意忽略的漫不經心,
可能會給對方留下傷痛的回憶而不自知。

不論是誰,
總是生活在傷害人與被傷害之中。

應該要反省一下,不要認為只有自己既辛苦又悲傷,
而對別人狀似微小卻深刻的傷口視而不見。

別忘記,或許某一天,
我那微不足道的一句稱讚,
小小地關懷的舉動,
不足掛齒的關心,
會成為某個人的幸福。

第一節上課時間

請牢牢記住。
我是金!勇!氣!

哇～呀!

總是小心翼翼又安靜的我,
非常羨慕聲音宏亮,
強壯又活動力十足的勇氣。

然後,
過了多年之後

同學會的那天

還記得
我們班上
有一個叫做
勇氣的人嗎?

呀一聲音
非常宏亮的
那個人?

閃火樂～　閃火樂～

我是不久前
才聽說的……
他把自己的身體…

啪一啪一

哎呀～
嚇一大跳!

閃火樂～　閃火樂～

詳細的情形
不太清楚,
大概是因為
憂鬱症的關係…
年紀還那麼輕,
真是可惜。

163

Ａ：你還記得勇氣嗎？

Ｂ：記得呀～只是印象有點模糊了⋯⋯

Ａ：那麼，高中畢業以後，你還有見過他嗎？

Ｂ：沒有～我出社會工作後，為了適應職場生活，

就沒有時間跟勇氣見面了。

事實上，勇氣又不能賞我一口飯吃，

見什麼面呢？不見面也罷，不是嗎？

Ａ：太過分了吧！再怎麼說，

他也和你要好過一陣子呀？

Ｂ：嗯⋯⋯

Episode 24

我們展開社會生活之後，失去的朋友

正是……

稱作「勇氣」的人。

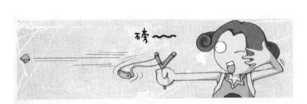

喜與悲總是同時存在，
因為我們是雙胞胎兄弟呀……

高興的話，不要快樂過頭，
難過的話，不要悲傷過度。

因為，快樂總是伴隨著悲傷，
而難過的背後，
總是蘊藏著喜悅。

喜與悲總是同時存在

寶寶滿腦子的苦悶

定宇是……

每次到公園坐在椅子上時也是，

每回坐車時也是，

定宇真是最有禮貌的人！　　　　　　　但是～貝貝的話……

輕輕地～

哐～噹！

寶寶呀～
現在要
走了嗎？

時間已經
這麼晚了呢！

咦了～

天呀！
這是什麼？
是誰把口香糖
黏在這裡？

173

像個男子漢，

背影很迷人的貝貝

我今天
為了想見你

挑了件
衣服穿

接著想穿一雙襪子，

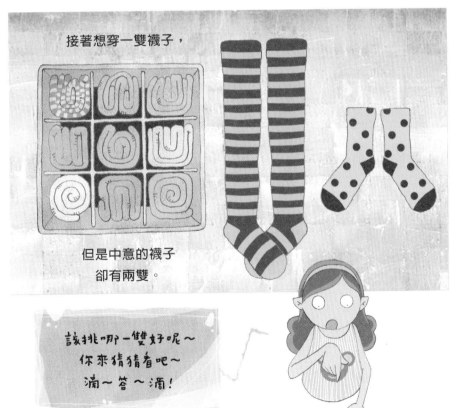

但是中意的襪子
卻有兩雙。

該挑哪一雙好呢～
你來猜猜看吧～
滴～答～滴！

175

結果，我把兩雙中意的襪子各穿一隻出來。

真是十分
可笑的事吧！

沒錯！
就是有那種一次只需要一個。
不論再怎麼捨不得，
也不能和其他的混在一起來用。

相愛的時候，

便是只能愛著一個人。

Chapter 6 Indigo Passion

每天開窗和關窗的時候，
做一次深呼吸，伸兩次懶腰，
然後唸一句我的魔法咒語，
「我辦得到！」

陽光變得耀眼，
樹木像是不停長大似的，
夜漸漸地深了，
星星像是不停閃耀著光芒，
即便在疲憊又沉悶的日子裡，
也是充滿熱情、意志昂揚的活著。

明天是否會比今天更好，雖然不得而知，
但是相信一定會和今天不同，
每天唸著咒語，邁開嶄新一天的腳步。

天高氣爽般地藍色熱情

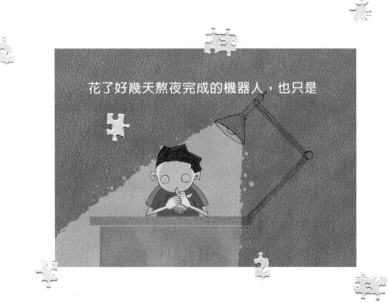

花了好幾天熬夜完成的機器人，也只是

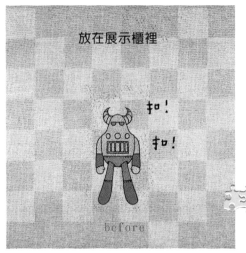

放在展示櫃裡

扣！
扣！

before

積滿了灰塵，

乏人問津的人生
還有什麼意義呢～
只能這樣躺著吧！

after

說是死也不分開的好朋友也是

曾經一天聽上
好幾百遍的歌曲

以生活忙碌為藉口，
而無法見面

現在珍藏在CD櫃裡。

譯注：由右至左的CD名：Simon Boswell / Andrzej Jagodzinski / Yiruma / Rocky Horror Show / until June / Azure Ray / Gontiti / Seiko sumi / Giovami Mirabassi / Yoyoma / Winter Star

181

時間改變了一切。

連原本以為永恆的初戀也

漸漸變得模糊⋯⋯

在遊樂場玩得興高采烈回來的小孩子，
當天傍晚回家後便開始發燒、打噴嚏，連飯也吃不下。
去了趟醫院，診斷結果說是得了熱流感。
即便吃了退燒藥，過不了一會兒，又開始發燒，
這種情形一直持續，真讓人擔心會不會出大亂子。

然而，過了幾天之後，
小孩子好像不曾發生過這件事似的，
飯也吃得下了，
開開心心的笑著，還一邊惡作劇，
一邊跑跑跳跳的玩著。

大人們說，生病要好好病上一場，
才會真正痊癒，看來真的沒錯。
就像總要經過幾天不舒服後，
病情才會好轉的感冒一樣，
有些事情，時間是解決之道。

不論多久的苦難與逆境
相較於漫漫人生，時間都不算長。

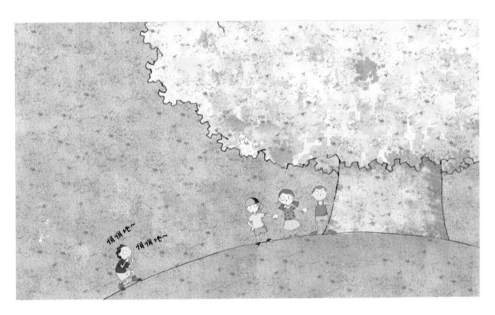

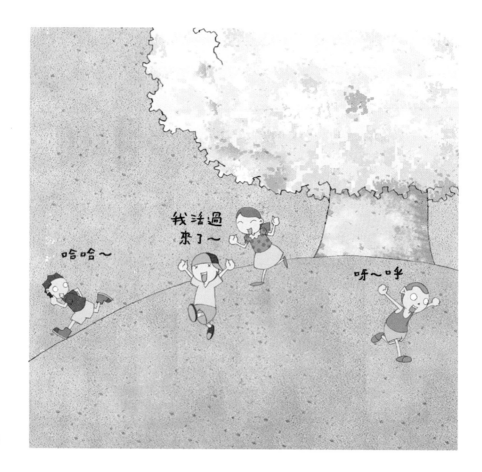

興致勃勃的玩著跳房子遊戲，
連太陽下山了也不知道。

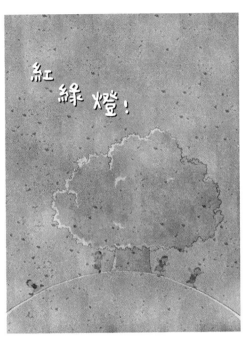

大叫著紅綠燈

隔天早上

187

沒有我的話，
你的學校生活要怎麼過呢

沒有你的話
我連想都不願想呢！
呼～真是幸運。
現在我肚子也不痛了。

結束法國行的回國途中，
想起了浮現在飛機窗戶的貝貝的臉。
「為什麼表情這麼難看？」
「你呀……就像週末玩過頭，結果沒時間寫作業，
星期一早上卻要上學的小學生似的。」

正要出發旅行之前，接到了甲狀腺異常的診斷書。
由於是陌生的病名，對於要不要再去醫院看診，感到十分害怕。
下飛機後，在搭巴士回首爾的途中想著，
沒有我，世界也是照常運轉，
即便我生病了，這裡還是忙碌如昔。
總以為我是主角，
事實上，說不定我連是這個地方的附屬品都談不上。
然而，為何對這樣的事實，感到新鮮又感恩呢？

因為，我要將上天所賜予我的時間，
創造出屬於我的每一天，好好地活下去，
我有該要回歸的位置，以及應做的事。

第一次見到他時，

盯著我看

一直看著。

如此結緣的貝貝

迷人又風趣

讓我感到
非常幸福

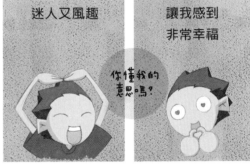

我說話的時候,用著
充滿耐心的專注眼神看著我。

一年之後

貝貝呀，
可以用第一次
見到我的那種眼神，
再看我一次嗎？

Episode 29

「回到初心」。
出現了失去重心的感覺時，
靜靜地回想一下這句話。

初次所做的行動，
初次所送的禮物，
初次的愛情，
初次的學校生活，
初次的社會生活……

初次所做的事，雖然都十分生疏，
但是初心最美。

既然叫人來了，就快點兒説。
幹嘛這麼吞吞吐吐的？

這樣啦～
是很久從前
就想要
告訴你的話。

是什麼？嗯～
漸漸覺得好奇起來了。

大家好～
我是新來的轉學生
名叫寶寶
希望能和大家
好好相處。

從寶寶剛轉學來的時候，
就想和她當好朋友。

197

但是，為什麼
會有這種想法呢？

說「我愛你」的同時，
我看著我自己。

或許，是為了我自己，
而愛著某人嗎？

一陣風
吹過來，
掃過了
我的身體。

我失去重心
跌了一跤。

喔…ㄣ…

雖然我怪罪於風，
自我安慰了一番，

為什麼非要
這個時候
吹這麼強的風呢！

而是
我內心所隱藏的
懦弱，
正好在
風中
展現出來。

事實上……
並不是
風
晃動了
我

不論何時，總是有風吹動著，有時還會颳起颱風。
有些人會跌倒，有些人則是吃力地堅持著
繼續向前行。

怪罪於世界之前，先反省一下自己。

201

走到哪裡了呢……
走著走著經常會這麼想吧！

你也在看著嗎？
看著一群野雁劃過
寶藍色天空時，總是這麼想著。

你在何方，做著什麼事呢？
每到傍晚時分，看著閃耀在西方天空的星星，總是這麼想著。

陰天也罷，晴天也罷，
在黑漆漆的暗處也是，在耀眼的陽光下也是，

**我所見、所聞、所感的任何東西，
幻化成如你的彩虹。
無論何時，你總在我心中，而且，總在我身邊。**

喚作你的彩虹

坐公車的時候也是，
搭地下鐵的時候也是，

在圖書館的時候也是，

在電影院的時候也是，

喝咖啡的時候
也是，

習慣性的
在身邊留下
一個位子

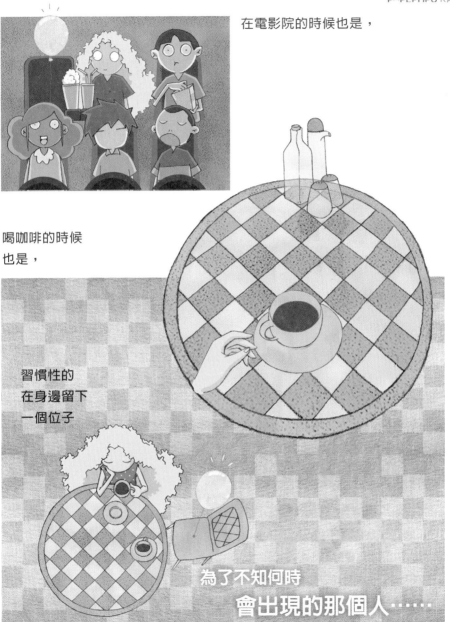

為了不知何時
會出現的那個人……

第一次看到鏡子時，

很陌生

小貝比
一點都
不感興趣。

過了幾天
之後

開始感到好奇，
用著骨碌碌的眼睛

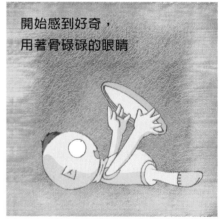

盯著反映在
鏡子裡的自己，

咯咯～

呵呵～

因為知道
自己笑的話，
鏡中的自己
也會跟著笑。

一直笑個
不停。

或許，過了許久之後，

小貝比長大了，
長到會說話的時候，
看著反映在玻璃的自己時，
或許也會問吧！

媽咪～
玻璃裡面
有一個
我吔！

玻璃裡面
映著的那個我，
對媽咪來說，
意味著什麼呢？

德國哲學家伊曼努爾‧康德（Immanuel Kant）
曾挑選出了幸福的三個條件。
「第一是，有要做的事，
第二是，有相愛的人，
最後是，懷抱著希望。

若是三者俱足，
你便是幸福的。」

我 現 在 很 幸 福

學校郊遊的最後一項活動
是尋找寶物

場所和時間
都相同，
有些小朋友是

這次不知為何
感覺很好……

尋找寶物

找到了！

有些小朋友則是

真是沒禮貌！
來到別人家
也不先敲門！

一次也找不到

十支鉛筆
吧！

我費勁心思的
尋找寶物，
結果卻
迷了路。

？？？

肚子也餓了，
天也漸漸黑了，
蹲下來一會兒，
突然就睡著了。

貝貝呀～

貝貝
你在哪裡？

我朝著聲音的方向跑了過去。

老師為我拭去了淚水，
然後對我這麼說：

「跑太遠是找不到寶物的。
寶物就藏在你伸手可及的地方……」

在運動會的賽跑中，
送給第一名到第三名的
筆記本和鉛筆，我一次也沒拿到過。
因為我總是跑第四名或第五名。
學校郊遊的尋找寶物活動，我也是六年來都沒找到過寶物。
或許是如此，我現在也都不買彩券。
因為沒有發過半次橫財，
也沒有體驗過買彩券會中獎的激情，
總覺得自己和幸運之間的距離遙不可及。

但是，如果我
買了一次彩券的話，
說不定也會有這種機會吧？

因為，所謂的幸運，
最終總是會找上單純的人吧！

在豔陽高照的沙漠裡，

走得非常吃力。

不累嗎?
慢慢地休息一會再走。

好累哦!

呼～不管到哪裡
都是一樣。

躺下

尤其是在這種沙漠
不論是誰都會活得很吃力吧!

不過
其實也不差。
因為一年總會
下個一兩次雨。

215

在非洲某個十分乾燥的沙漠，
一年只會下一兩次雨。
一下雨的話，
植物就直接發芽，
然後快速的開花。
而且，真的是在非常短暫的時間內
結出果實，直到下次下雨之前
忍受著酷熱的沙漠，
而活出了生路。

Episode 35

機會總是留給那些
耐心等待的人。

繪於人生畫紙上的
七色彩虹

在人生的白色畫紙上，
我該畫上什麼圖案呢？

與其成為憧憬著有形之物者，
不如成為描繪出未知的人。

與其害怕失敗而什麼事都不做，
不如畫上雖然生澀，卻有著自己獨特色彩，
世界上獨一無二的——我的彩虹。

這並非遙不可及的悲情之夢，
也不是為了別人設定好，高掛在天空的星星，
而是在我心中最深切之處，升起的一道七色彩虹。

即使是陰天，我的心中也要升起一道彩虹。
但願我的這道彩虹，
可以成為某人心中的一個希望，
在我所深愛的定宇心中也是……

PAPE
POPO
RAINBOW

沈
承
炫

他是個作家,認為每天騎著腳踏車,朝向位於湖邊的工作室時,以及獨自畫畫圖、寫寫文章時,是最幸福的時刻;他是個浪漫主義者,同時喜愛著十月耀眼的陽光,以及下午四點烏雲罩頂的天空;他是個無聊男子,喜歡品嚐清淡的熱茶勝於咖啡,喜歡吃素勝於吃葷,而且還超愛吃什麼都不加的白吐司;他是個傳統的另類人士,重視著慢慢走路的散步時間,珍惜著老舊的打字機及留聲機。他是個和平主義者,對於撫慰人心的心理學及哲學很感興趣,還喜歡巴哈的音樂;他也是個夢想家,夢想著有一天能寫出像《小王子》、《帶給花希望》一般動人的童話故事。

他出生於江原道江陵市，大學時主修植物資源學，曾經在動畫公司工作了五年，參與過華納公司出品的「蝙蝠俠」、「蜘蛛人」等動畫製作。2002年出版了寶寶貝貝的回憶系列作品，開拓了漫畫新型態。單純的青年貝貝，以及善良又聰慧的寶寶所刻畫出的動人故事，撫慰著受夠了乏味日常生活的現代人心，一直以來深受讀者們的喜愛。目前已出版了包括《寶寶貝貝的回憶》、《寶寶貝貝在一起》、《寶寶貝貝的行板（andante）》、《約定——多眼蝴蝶的承諾》等作品。2001年榮選為優秀文化內容；2003年榮獲韓國文化觀光部漫畫大賞優秀獎，以及大眾文化候選燭光獎；2009年參加法國安古蘭國際漫畫節。目前為韓國非營利救護團體JTS（Join Together Society）的宣傳代言人，致力於消除亞洲地區的饑餓、疾病及文盲問題。本書獲得韓國漫畫大賞總統獎。

官方網站：http://cafe.daum.net/papepopo

國家圖書館出版品預行編目資料

你是我的彩虹——寶寶貝貝愛的約定 / 沈承炫圖
　文；李修瑩翻譯.
　──初版──臺北市：大田，民100.02
　面；公分.──（Titan；074）

ISBN 978-986-179-199-9（平裝）

862.6　　　　　　　　　　　　　　　99026363

JTS 是取得聯合國經濟社會會議會特別認可的
國際開發及救援的非政府組織（NGO）。

電話：02-587-8992 www.jts.co.kr
匯款帳號：國民銀行086-01-0339-254（社）韓國JTS

Titan 074

你是我的彩虹──寶寶貝貝愛的約定

沈承炫◎圖文
李修瑩◎翻譯

出版者：大田出版有限公司
台北市106羅斯福路二段95號4樓之3
E-mail：titan3@ms22.hinet.net　http：//www.titan3.com.tw
編輯部專線：（02）23696315　傳眞：（02）23691275
【如果您對本書或本出版公司有任何意見，歡迎來電】
行政院新聞局版台業字第397號
法律顧問：甘龍強律師

總編輯：莊培園
主編：蔡鳳儀　編輯：蔡曉玲
企劃行銷：黃冠寧　網路行銷：陳詩韻
校對：李修瑩／陳佩伶
承製：知己圖書股份有限公司 電話：(04)23581803
初版：二○一一年（民100）二月二十日 定價：280元
總經銷：知己圖書股份有限公司　郵政劃撥：15060393
（台北公司）台北市106羅斯福路二段95號4樓之3
電話：（02）23672044/23672047　傳眞：（02）23635741
（台中公司）台中市407工業30路1號
電話：（04）23595819　傳眞：（04）23595493
國際書碼：978-986-179-199-9 CIP：862.6 / 99026363

파페포포 레인보우
Copyright © 2009 by Shim, Seung Hyun
Complex Chinese translation copyright © 2011 by Titan Publishing Co., Ltd.
This translation was published by arrangement with Wisdomhouse Publishing Co., Ltd.
Through Carrot Korea Angecy, Seoul.
All rights reserved.
版權所有　翻印必究
如有破損或裝訂錯誤，請寄回本公司更換

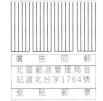

廣　告　回　郵
北區郵政管理局登
記證北台字1764號
免　貼　郵　票

From：地址：...

姓名：..

請沿虛線剪下，對摺裝訂寄回，謝謝！

To： **大田出版有限公司　編輯部收**

地址：台北市 106 羅斯福路二段 95 號 4 樓之 3
電話：(02) 23696315-6　傳真：(02) 23691275
E-mail：titan3@ms22.hinet.net

大田精美小禮物等著你！

只要在回函卡背面留下正確的姓名、E-mail和聯絡地址，
並寄回大田出版社，
你有機會得到大田精美的小禮物！
得獎名單每雙月10日，
將公布於大田出版「編輯病」部落格，
請密切注意！

大田編輯病部落格：http://titan3.pixnet.net/blog/

智　慧　與　美　麗　的　許　諾　之　地

閱讀是享樂的原貌，閱讀是隨時隨地可以展開的精神冒險。

因爲你發現了這本書，所以你閱讀了。我們相信你，肯定有許多想法、感受！

讀 者 回 函

你可能是各種年齡、各種職業、各種學校、各種收入的代表，

這些社會身分雖然不重要，但是，我們希望在下一本書中也能找到你。

名字 / ＿＿＿＿＿＿＿性別 /□女□男　出生 / ＿＿ 年＿＿ 月＿＿ 日

教育程度 / ＿＿＿＿＿＿＿＿＿＿＿

職業：□學生　　　□教師　　　□內勤職員　□家庭主婦

　　　□SOHO族　□企業主管　□服務業　　□製造業

　　　□醫藥護理　□軍警　　　□資訊業　　□銷售業務

　　　□其他 ＿＿＿＿＿＿＿＿＿＿　　　　＿＿＿＿＿＿＿＿＿

E-mail／ ＿＿＿＿＿＿＿＿＿＿＿＿＿＿＿＿ 電話／ ＿＿＿＿＿

聯絡地址： ＿＿＿＿＿＿＿＿＿＿＿＿＿＿＿＿＿＿＿

你如何發現這本書的？　　　　　　　　　　書名：你是我的彩虹

□書店閒逛時 ＿＿＿＿ 書店 □不小心在網路書站看到（哪一家網路書店？）＿＿＿

□朋友的男朋友（女朋友）灑狗血推薦□大田電子報或網站

□部落格版主推薦 ＿＿＿＿＿＿＿＿＿＿＿＿＿＿＿＿＿

□其他各種可能，是編輯沒想到的 ＿＿＿＿＿＿＿＿＿＿＿＿＿

你或許常常愛上新的咖啡廣告、新的偶像明星、新的衣服、新的香水……

但是，你怎麼愛上一本新書的？

□我覺得還滿便宜的啦！□我被內容感動 □我對本書作者的作品有蒐集癖

□我最喜歡有贈品的書 □老實講「貴出版社」的整體包裝還滿合我意的 □以上皆非

□可能還有其他說法，請告訴我們你的說法

＿＿＿＿＿＿＿＿＿＿＿＿＿＿＿＿＿＿＿＿＿＿＿＿＿＿＿

你一定有不同凡響的閱讀嗜好，請告訴我們：

□ 哲學　　□ 心理學　　□ 宗教　　□ 自然生態　□ 流行趨勢　□ 醫療保健

□ 財經企管　□ 史地　　□ 傳記　　□ 文學　　　□ 散文　　　□ 原住民

□ 小說　　□ 親子叢書　□ 休閒旅遊　□ 其他 ＿＿＿＿＿＿＿＿＿＿＿

一切的對談，都希望能夠彼此了解，

非常希望你願意將任何意見告訴我們：

大田出版有限公司編輯部 感謝您！

※ 請沿虛線剪下，對摺裝訂寄回，謝謝！